DER KNOPF

Masoud Malekyari   Sebastião Peixoto

DER KNOPF
© 2019 Magink Publishing House UG
-Alle Rechte vorbehalten-

herausgegeben von

C/O Lisa Andergassen, Kuglerstraße 63, 10437 Berlin, Deutschland
Text: Masoud Malekyari
Illustrationen: Sebastião Peixoto
Lektorin und Übersetzerin: Ursel Scheffler

www.maginkbooks.com
info@maginkbooks.com
ISBN: 978-3-96656-039-9

Ich bin ein schwarzer Plastikknopf.

Eines Tages purzelte ich bei der Rauferei zwischen zwei Jungen aus einem Hemd und lag auf der Straße. Achtlos gingen die Leute an mir vorüber.
„Wozu bin ich jetzt noch nütze?", dachte ich. „Wenn ich eine Perücke, ein Hausschlüssel oder wenigstens eine Socke wäre, dann würde man nach mir suchen."
Aber ich war ja bloß ein schwarzer Plastikknopf.

Doch dann passierte jeden Tag etwas Neues.
Es gab
große Abenteuer …

… und kleine Abenteuer.

Einmal las ich eine Geschichte über einen König, der prächtige Kleider trug.
„Ich wünschte, ich wäre der Knopf an einem Königsmantel", dachte ich.
„Dann würde ich in einem Märchenschloss leben und wäre glücklich bis an
mein Lebensende."

Aber das Schicksal hatte andere Pläne mit mir.

Ich wollte um die Welt reisen.

Aber das Schicksal hatte andere Pläne mit mir.

Manchmal hatte ich Pech.

Und manchmal hatte ich Glück.

Die Tage vergingen. Ich war immer noch in der Schneiderwerkstatt und fragte mich immer wieder:
„Wozu bin ich nütze?"

Der Schneider brauchte für jedes Modell einen besonderen Knopf.

Aber ich war bloß ein schwarzer Plastikknopf.

Eines Tages schenkte mich der Schneider einem kleinen Jungen.
Der stopfte mich in seine Tasche.

Ich fühlte mich gefangen. Wie ein Held im Gefängnis.

Ich träumte davon, dass ich als Anführer aller schwarzen Plastikknöpfe in den Krieg gegen die Metallknöpfe ziehen würde.

Bestimmt warteten alle schwarzen Plastikknöpfe
nur darauf, von mir aus ihrem Elend befreit zu werden.

Aber ich war leider nur ein schwarzer Plastikknopf.

Plötzlich holte mich der kleine Junge
aus seiner Tasche und es wurde ganz
hell um mich herum.

Eine schreckliche Kälte kroch in meinen Rücken.

Ich öffnete vorsichtig die Augen und hatte das Gefühl,

dass mir die ganze Welt dabei zusah.

War ich jetzt ein Knopf am Königsmantel?

Oder der größte Knopfheld der Welt?

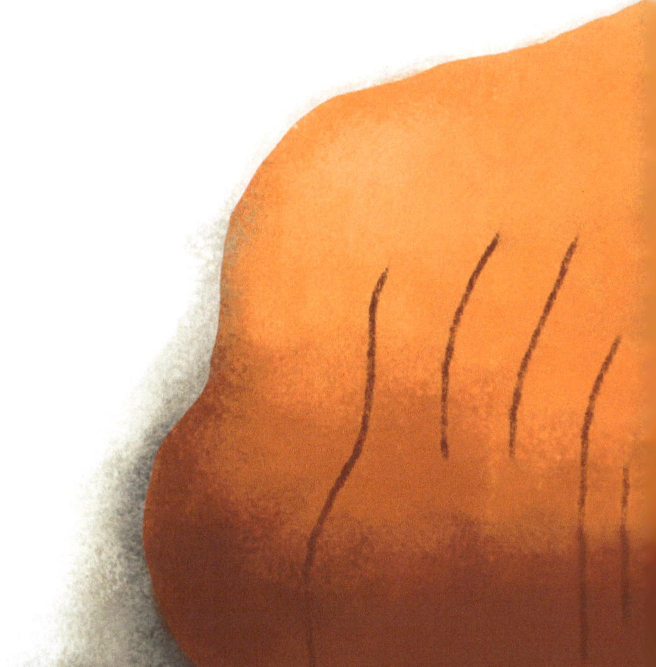

Weder noch. Ich war immer noch ein kleiner schwarzer Plastikknopf.

Aber ich war so bedeutend und wichtig,

wie es ein Knopf nur sein kann!